Gilbert Delahaye ◆ Marcel Marlier

martine

et la sorcière

casterman

• Découvre les personnages de cette histoire •

Martine

Joyeuse et curieuse, Martine adore s'amuser avec ses amis et son petit chien Patapouf. Ensemble, ils découvrent le monde et vivent de véritables aventures. Une chose est sûre : avec Martine, on ne s'ennuie jamais !

Clara

Clara est une des meilleures amies de Martine. Elles vont à l'école ensemble et sont voisines : pratique pour s'inviter à jouer le week-end !

Patapouf

Ce petit chien est un vrai clown ! Il fait parfois des bêtises… mais il est si mignon que Martine lui pardonne toujours !

Martine a invité Clara à dormir à la maison.

Mais, au moment de se coucher, Martine se tourne et se retourne dans son lit et ne trouve pas le sommeil.

« Je vais aller prendre l'air dans le jardin... », pense-t-elle.

Dehors, il fait nuit noire.

Clara ne tarde pas à rejoindre son amie, inquiète.

– Martine ? J'ai vu que ton lit était vide... Que se passe-t-il ?

Martine hésite… puis elle explique :

– Voilà plusieurs nuits que je fais des cauchemars au sujet de notre nouvelle voisine… Elle a emménagé il y a plus d'un mois, mais personne ne l'a encore aperçue. Elle ne sort jamais de sa maison. Et on raconte de drôles de choses sur elle. Certains enfants du quartier disent que c'est une… une sorcière !

– Il n'y a qu'un seul moyen de le savoir, réplique Clara. Il faut aller voir !

Clara a raison ! Il faut percer ce mystère…

Dès le lendemain, les deux amies se faufilent dans le jardin de la mystérieuse voisine.

Cachées sous les buissons, elles observent les alentours.

Personne en vue.

– Là-bas, il y a une porte… souffle Martine. Allons voir !

À pas de loup, les filles s'approchent du grand battant en bois.

– C'est ouvert, constate Clara.

Martine passe la tête, puis se glisse de l'autre côté.

Elle reste bouche bée.

– Ça alors…

Clara et Patapouf tendent
le cou pour voir…
Une magnifique maison
se dresse devant eux.

Tout est envahi de plantes : les murs, le toit, même l'escalier. Les fillettes et le petit chien s'avancent sur la pointe des pieds vers une fenêtre…

– On dirait qu'il n'y a personne, dit Clara en regardant à travers un carreau.

– Faisons le tour pour trouver une entrée, décide Martine.

Les deux amies s'avancent jusqu'à la véranda.

Martine tourne la poignée…

– C'est ouvert !

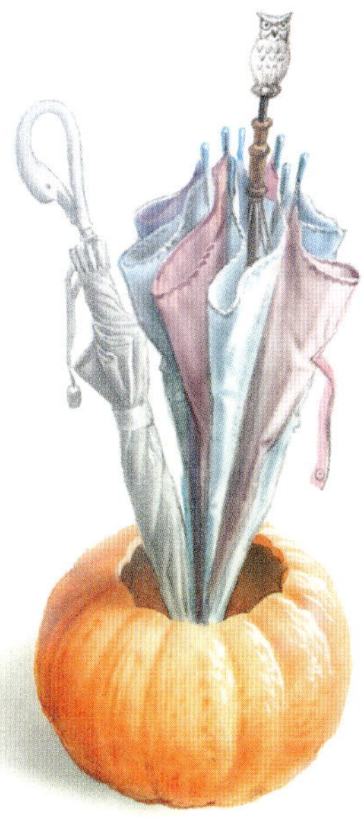

À l'intérieur, un drôle de perroquet les observe d'un œil perçant.

L'oiseau ne bouge pas d'une plume…

– C'est un faux ! comprend Martine. Il est empaillé…

Les filles s'introduisent dans le couloir.

Les pièces en enfilade sont décorées de masques étranges et un peu effrayants.

Les filles montent au premier étage. Très discrètement, elles poussent une porte du couloir.

– La salle de bains… dit Martine.

Déserte, comme toutes les autres pièces.

Soudain, elle se fige.

– Tu as vu ? murmure-t-elle, effrayée.

La baignoire est remplie…

– Et là-bas ! s'écrie Clara. Des pieds qui dépassent du rideau de douche !

– Filons ! lance Martine.

Les deux amies prennent leurs jambes à leur cou !

Elles dévalent l'escalier. Dans le salon, deux chats noirs somnolent.

– L'oiseau empaillé, ces masques bizarres, les chats noirs et toutes les drôles de choses qui se passent ici… souffle Martine. Maintenant, j'en suis certaine : notre voisine est bien une sorcière !

Les deux filles s'élancent vers la sortie.
Mais en passant devant une porte ouverte, Martine s'immobilise.

– Regarde dans cette chambre, dit-elle.

Une coiffeuse, comme au théâtre, et des produits de maquillage. Quel drôle de matériel, pour une sorcière…

– Et cette odeur, qu'est-ce que c'est ? ajoute-t-elle en reniflant.

Martine et Clara s'avancent vers la cuisine.

Un chaudron trône sur la table, laissant échapper un filet de vapeur.

– La sorcière prépare une potion maléfique, murmure Clara en soulevant le couvercle.

– N'y touche pas, prévient son amie. C'est peut-être empoisonné…

Soudain, une ombre surgit !

– Que faites-vous chez moi ?

Martine et Clara sursautent

et poussent un cri.

– Pardon, madame…

répondent-elle en tremblant

comme des feuilles.

On cherchait, euh…

On voulait juste…

– Oui ? hurle la sorcière. Quelle est votre excuse ?

– On est désolées, on allait partir, bredouille Martine. Ne nous faites pas de mal !

– Pas de mal ?! répète l'autre en agrippant la fillette par la manche.

Clara en profite pour se sauver.

– Ne t'inquiète pas, Martine, promet-elle en sautant par la fenêtre. Je vais chercher du secours !

La sorcière entraîne Martine devant le chaudron et y plonge une cuillère.

– C'est ce mélange qui t'intrigue tant ? demande-t-elle.

Eh bien, tu n'as qu'à le goûter !

Terrifiée, Martine se débat et tente de garder la bouche fermée, mais elle est contrainte d'avaler le breuvage…

… Ça alors, ça a le goût de pommes et de prunes !

– Ce n’est pas une potion maléfique ?! s’exclame la fillette.

– Bien sûr que non, répond la femme. C’est de la confiture ! Faite avec les fruits de mon jardin. Tu m’avais prise pour une sorcière ?

– Oui, répond Martine, un peu gênée. C’est que vous ressemblez à… à…

– C’est parce que je suis comédienne, explique la voisine. C’est juste un rôle pour lequel je m’entraîne, tu sais.

Tout s'éclaire !

Martine a envie de rire.

– Je répète toute la journée, explique la jeune femme. Voilà pourquoi on ne s'est encore jamais croisées, toi et moi. Et pendant mes pauses, je cuisine ! Je peux t'offrir un pot de confiture ?

– Quelle drôle d'histoire ! commente Martine en souriant.

Quand elle retrouve Clara, dehors, Martine lui explique tout.

– La voisine est actrice. Elle porte un costume, rien de plus !

– Et dire qu'on est entrées chez elle en cachette !

– On pourrait aller la voir au théâtre pour se faire pardonner.

Tu ne devineras jamais le nom de son spectacle... Il s'appelle :

La sorcière préférée des enfants !

Retrouve martine dans d'autres aventures !

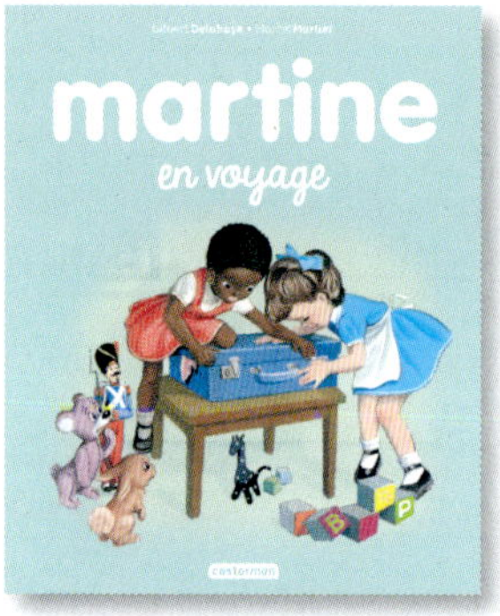

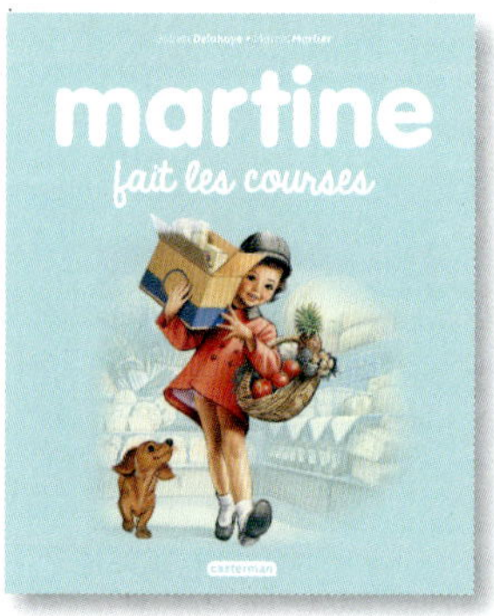

Gilbert Delahaye • Marcel Marlier
martine
au parc
casterman

Gilbert Delahaye • Marcel Marlier
martine
garde son petit frère
casterman

Gilbert Delahaye • Marcel Marlier
martine
fête son anniversaire
casterman

Gilbert Delahaye • Marcel Marlier
martine
jardine
casterman

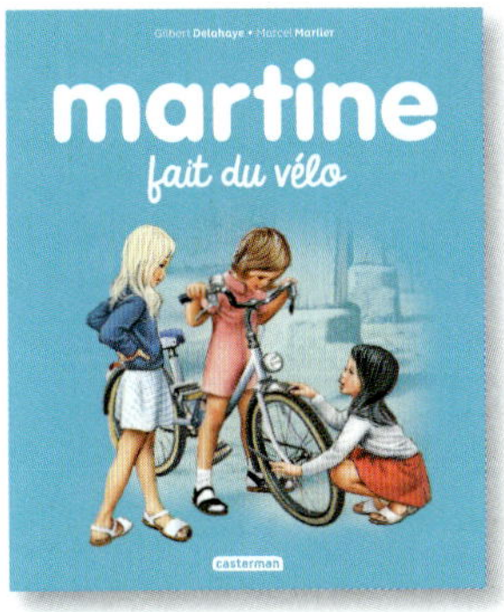
Gilbert Delahaye • Marcel Marlier
martine
fait du vélo
casterman

Gilbert Delahaye • Marcel Marlier
martine
petit rat de l'opéra
casterman

Gilbert Delahaye • Marcel Marlier
martine
à la fête des fleurs
casterman

Gilbert Delahaye • Marcel Marlier
martine
fait la cuisine
casterman

Gilbert Delahaye • Marcel Marlier
martine
apprend à nager
casterman

Gilbert Delahaye • Marcel Marlier
martine
est malade
casterman

Gilbert Delahaye • Marcel Marlier
martine
en vacances
casterman

Gilbert Delahaye • Marcel Marlier
martine
prend le train
casterman

Gilbert Delahaye • Marcel Marlier
martine
fait de la voile
casterman

Gilbert Delahaye • Marcel Marlier
martine
et le petit moineau
casterman

Gilbert Delahaye • Marcel Marlier
martine
et le petit âne
casterman

Gilbert Delahaye • Marcel Marlier
martine
fête maman
casterman

Gilbert Delahaye • Marcel Marlier
martine
en montgolfière
casterman

Gilbert Delahaye • Marcel Marlier
martine
à l'école
casterman

Gilbert Delahaye • Marcel Marlier
martine
découvre la musique
casterman

Gilbert Delahaye • Marcel Marlier
martine
a perdu son chien
casterman

Gilbert Delahaye • Marcel Marlier
martine
dans la forêt
casterman

Gilbert Delahaye • Marcel Marlier
martine
et le cadeau d'anniversaire
casterman

Gilbert Delahaye • Marcel Marlier
martine
et la sorcière
casterman

Gilbert Delahaye • Marcel Marlier
martine
un mercredi pas comme les autres
casterman

Gilbert Delahaye • Marcel Marlier
martine
la nuit de Noël
casterman

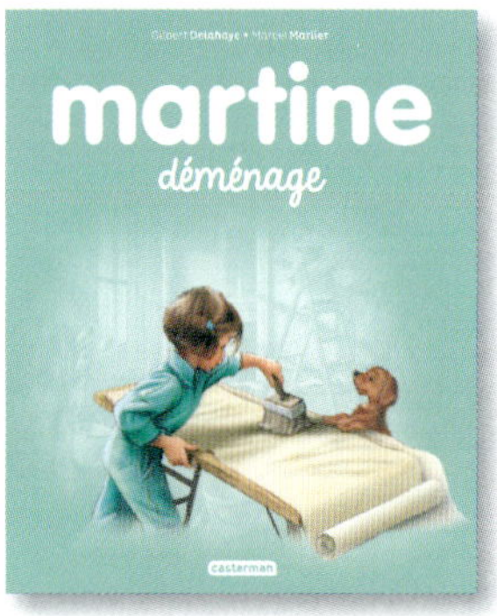
Gilbert Delahaye • Marcel Marlier
martine
déménage
casterman

Gilbert Delahaye • Marcel Marlier
martine
se déguise
casterman

Gilbert Delahaye • Marcel Marlier
martine
et les chatons
casterman

Gilbert Delahaye • Marcel Marlier
martine
et les lapins du jardin
casterman

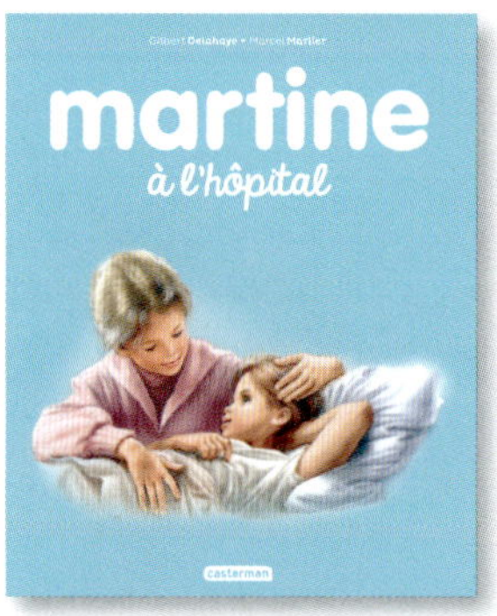
Gilbert Delahaye • Marcel Marlier
martine
à l'hôpital
casterman

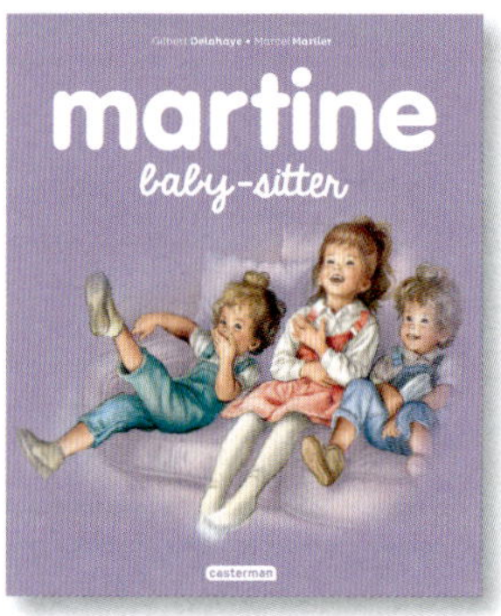
Gilbert Delahaye • Marcel Marlier
martine
baby-sitter
casterman

Gilbert Delahaye • Marcel Marlier
martine
en classe de découverte
casterman

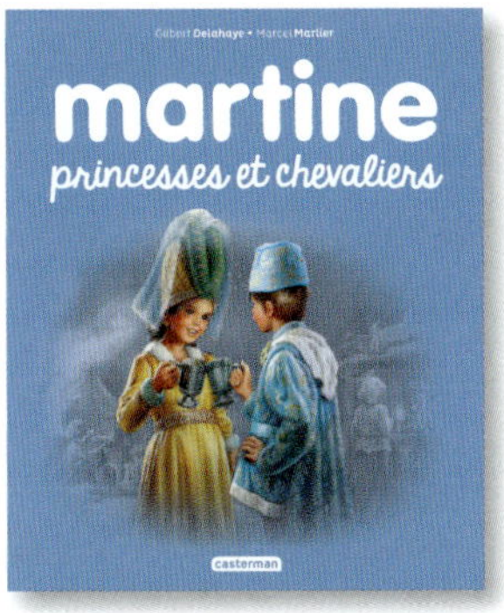

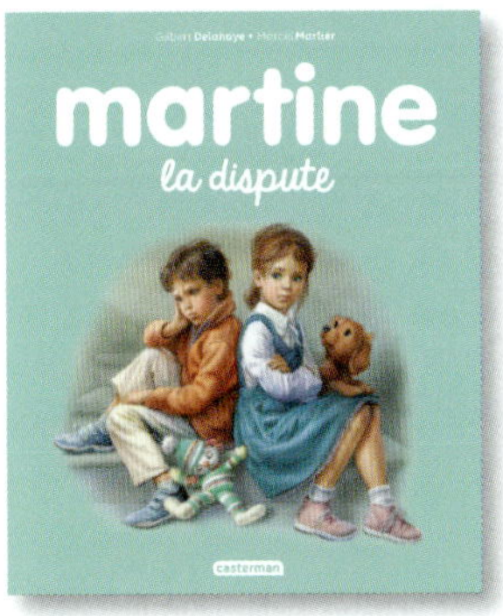

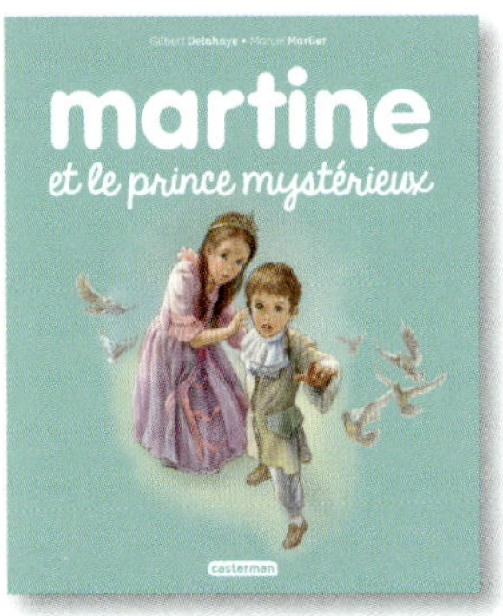

Casterman
Cantersteen 47
1000 Bruxelles

www.casterman.com

ISBN : 978-2-203-12565-0
N° d'édition : L.10EJCN000595.N001

D'après les albums de Gilbert Delahaye et Marcel Marlier.
Achevé d'imprimer en juillet 2017, en Italie.
Dépôt légal : octobre 2017 ; D.2017/0053/197
Déposé au ministère de la Justice, Paris (loi n°49.956
du 16 juillet 1949 sur les publications destinées à la jeunesse).